AF377858

Classique Érotique

LA CHANDELLE DE SIXTE-QUINT

Une nouvelle érotique classique

Écrit par Anonyme

1

Tout le monde connaît, au moins de réputation, les célèbres images érotiques de Pompéi, composant ce qu'on appelle *le Musée de Naples*, dont la seule mention fait sourire les messieurs et rougir les dames. Dans ces images, fresques murales ou mosaïques, les exercices amoureux de toute nature sont représentés sans le moindre voile par des personnages dont l'artiste a bien mis en vue les organes en fonction.

Aucun priape qui ne soit vu bandant ferme ou plongé dans un con ; aucun con dont la fente ne soit occupée par un priape, un doigt ou une langue. C'est charmant et les hôtes d'une maison ainsi décorée ne devaient pas s'ennuyer.

Pour consoler les admirateurs de l'antique vertu, les savants prétendent que ces maisons étaient des lupanars ; c'est bientôt dit, et cette assertion surprendrait fort les propriétaires de ces maisons qui avaient fait reproduire sur leurs murs des scènes d'amour de ces temps-là, au même titre que les honnêtes gens d'aujourd'hui font décorer leurs salons de tableaux, de gravures ou de photographies. À notre époque, les progrès de l'industrie ont facilité les reproductions d'après nature. Les propriétaires de ces fameuses fresques leur eussent de beaucoup préféré certaines collections photographiques où le soleil s'est chargé de saisir sur le vif des femmes dans des attitudes lascives, des couples dans toutes les postures lubriques imaginables. Là où il fallait autrefois des années et des sommes d'argent considérables, il ne faut plus aujourd'hui que quelques heures, pour reproduire à peu de frais une image autrement suggestive, prise sur le fait.

Quels chefs-d'œuvre de ce genre on verrait éclore s'il régnait en ce temps-ci la même largeur d'idées que chez les Romains ! Quand comprendra-t-on que les images de ce genre ont tout autant leur raison d'être que celles qui reproduisent des scènes de carnage, de jeu, d'ivresse ou d'extase religieuse.

« Je n'écris pas pour les jeunes filles », disait l'auteur de *Mademoiselle de Maupin* en cette fameuse préface qui pourtant a fait se branler plus d'une vierge.

Ce n'est pas non plus aux demoiselles que les dessins érotiques sont destinés, bien que leur vue n'apprendrait pas grand-chose à certaines dont les propos entendus à leur insu par un auteur célèbre auraient fait, dit-il, « rougir un singe ». Ils ne s'adressent qu'aux yeux habitués à voir la réalité, à ceux d'hommes et de dames prenant plaisir à pratiquer ce qu'elles représentent, y trouvant de doux souvenirs et de nouvelles inspirations.

Un amateur de paradoxes n'a-t-il pas eu la fantaisie d'assurer que seuls les impuissants prenaient plaisir à leur contemplation ! Quoi ? Parce que j'aime à voir l'image d'un couple en pleine fornication, est-ce à dire pour cela que je ne me trouverais pas dans cette situation avec le plus grand plaisir ? Où a-t-on vu qu'un chasseur qui s'entoure de tableaux cynégétiques, un cavalier de photographies de chevaux pratiquent leur sport avec moins d'ardeur ? Pourquoi juger autrement les voluptueux aimant à régaler leur vue de tout ce qui rappelle leur occupation favorite et les actes auxquels ils doivent de si délicieux instants... Et croit-on que telle dame n'aimera pas autant sentir la réalité parce qu'elle s'en sera procuré avec son doigt une passagère illusion en contemplant une image cochonne ?

N'aimaient-ils donc pas faire l'amour ces Romains et ces Romaines qui ornaient les pièces intimes de leurs habitations de tableaux libidineux ?

J'eus dernièrement l'insigne faveur, comme ami intime d'un photographe – assez renté pour n'être un professionnel qu'à ses heures et qui, du reste, ne le devenait que dans le genre, d'être admis à une de ses séances. Il n'opérait que pour des groupes érotiques que lui commandaient des amateurs de haut parage que ses relations du monde le mettaient à même de connaître.

Inutile de dire qu'il n'avait pas d'enseigne. Il opérait dans un atelier de peintre où, en artiste qu'il était, il faisait rivaliser son pinceau et ses crayons avec son appareil dans de charmantes compositions lubriques que des amateurs se disputaient.

Toutes les femmes qui l'honoraient de leurs faveurs gratuites ou payées, femmes honnêtes ou cocottes, il les avait réunies en un album, les dernières dans des postures à faire bander un mort, les premières... également, mais parfois avec un loup sur la figure. Les portraits des cocottes, que n'offusquait nullement ce mode de réclame, étaient livrés aux amateurs ; les autres… aussi, ce qui était peut-être indélicat ; mais il savait que toute femme bien faite n'est pas trop fâchée de voir l'image de son corps inspirer des désirs anonymes…

J'avais obtenu des épreuves de cet album ; plusieurs des originaux avaient même mis à ma disposition le corps charmant dont l'image avait excité mes désirs, car mon ami n'était nullement jaloux et me renseignait sur la façon de les posséder. Mais je n'avais encore assisté à la confection d'aucun cliché.

J'allai un jour lui rendre visite. Son atelier était précédé d'un salon d'attente et d'un vestibule s'ouvrant directement sur la rue, ce qui évitait bien des indiscrétions.

— Sapristi, me dit-il, vous tombez à point ; vous qui vouliez voir ça, vous allez être satisfait.
— Suis-je indiscret ?
— Non, si votre pudeur ne s'alarme pas.

Ma pudeur n'avait rien à redouter. Mais les modèles volontaires ou payés sont assez farouches et toute femme posant *à poil*, et à plus forte raison en attitude indécente, ne souffre guère la présence d'un tiers en ce moment-là. Que serait-ce, même pour celles du métier, s'il s'agissait d'être vue posant enlacée avec une femme ou avec un homme ? Elle sait bien que son image sera contemplée ainsi par des centaines de regards, mais ce n'est pas la même chose que d'exhiber l'original.

Aussi mon ami me fit-il revêtir une blouse pleine de taches et me présenta-t-il comme son aide.

— Du reste, dit-il, vous pourrez m'être utile ; vous vous y connaissez un peu en photo. J'ai une forte commande pour le prince de Z... ; des femmes, des groupes... un de mes modèles est déjà arrivé.

J'entrai dans l'atelier. Une jolie jeune femme s'y trouvait, encore habillée et vêtue d'une toilette très élégante. Elle parut un peu décontenancée à ma vue, mais après présentations elle reprit son aplomb. De plus, mon ami lui dit que j'avais déjà fait connaissance avec elle, c'est-à-dire avec son portrait ; en effet, dans l'album souvent feuilleté par moi, je pus constater sa présence en une attitude qui la dispensait de faire la prude avec moi. Mais son image ne m'avait pas autrement frappé et je vis avec plaisir que l'original valait cent fois mieux que la photographie, ce qui me procura l'occasion d'un compliment à son adresse.

C'était une petite femme mariée, séparée de son mari et originaire d'un pays voisin où les femmes ont la réputation d'être excellentes pour l'amour, faciles, chaudes, cochonnes, et je constatai plus tard moi-même qu'elle soutenait dignement cette réputation. Elle se souciait peu des préjugés et encore moins de sa vertu que ses cascades avaient transformée en Niagara. Mais rien n'égalait son mépris pour la pudeur dont la totale absence chez elle formait un piquant contraste avec son air élégant et sa physionomie distinguée.

Moi-même, bien qu'ayant vu sa photographie à poil, j'étais loin de soupçonner ce dont elle était capable et quel précieux sujet mon ami avait en elle.

— Nous allons commencer, dit celui-ci. Installez l'appareil, je vais préparer le décor.

— Faut-il me déshabiller ? demanda franchement la jeune femme.

— Non, pas encore, ma belle.

Fort bien agencé, il eut vite organisé une sorte de boudoir, avec fenêtre postiche au fond, cheminée avec sa garniture, nécessaire à ouvrage avec bibelots féminins, bref, un véritable intérieur de femme, car il savait l'importance des accessoires dans un tableau et il tenait à faire mériter ce nom à ses compositions photographiques.

La jeune femme fut priée de quitter son chapeau, ses gants, puis de s'asseoir devant la cheminée, un livre à la main, sur une confortable chauffeuse.

— Bien, dit mon ami. Maintenant, renversez-vous, tenez le livre d'une main et relevez vos jupons de l'autre... Bien...

En prenant la pose demandée, elle exhiba hardiment ses fines jambes et ses cuisses rondes au-dessus de son bas bien tiré, retenu par une jarretière en soie rose.

— Un peu plus haut encore...

Elle obéit, découvrant les dentelles roses d'un pantalon très court et à fente excessivement large, si large que cela n'empêchait pas d'y aller carrément, comme elle me le disait un jour, quand, après plus ample connaissance, je voulais l'enfiler tout habillée.

— Relevez un peu votre chemise… C'est cela.

Son joli con apparut en pleine lumière, ce dont elle ne parut pas troublée.

— Maintenant prenez la pose d'une femme qui *se fait cela* à elle-même en lisant un livre excitant. Le livre d'une main, l'autre main, vous savez où. C'est bien cela. On voit que vous avez une certaine idée de la chose. Ça vous arrive quelque-fois ?…
— Dame, comme à toute femme.
— En pensant à moi ?
— À vous ou à d'autres.

Tournée de trois quarts vers l'objectif, les yeux fixés sur un livre qui ne pouvait que l'inspirer, car c'était *La Passion de Gilberte*, elle posa, suivant l'indication de l'artiste, sa main sur sa motte et fit pénétrer légèrement son doigt médian dans la fente amoureuse. Mon ami, que ce tableau semblait troubler beaucoup moins que moi, mettait les derniers soins à la pose, se reculant pour juger de l'ensemble, revenant près de la jeune femme pour redresser ou pencher sa tête, corriger quelques plis de ses jupons, écarter ses cuisses, donner plus de moelleux à la main posée entre elles.

— N'enfoncez pas tant votre doigt pour le moment ; vous ne faites que de commencer, vous comprenez ? Bien…

Puis, la tête sous le voile noir, il alla mettre au point cette délicieuse image.

— Voulez-vous, me dit-il, mettre un peu de poudre de riz sur le poil ; il ne se dessine pas bien, il fait tache.

Ce fut avec un fort frisson de concupiscence que je m'acquittai de cette besogne qui chatouilla la jeune femme et la fit rire.

— C'est parfait, dit l'opérateur qui vint fixer le maintien-tête et alla chercher ses plaques pendant que moi-même je contemplais sous le voile noir, non sans bander quelque peu, l'image reproduite sur la glace dépolie... Quel dommage que la science n'arrive pas à fixer sur les épreuves les couleurs, à obtenir la coloration des chairs, la carnation de ce visage, de ces cuisses, de ce con, de cette fine main...

Les plaques sont mises, l'obturateur est en place. La jeune femme est priée de sourire, puis de ne plus bouger ; et... une, deux, sa gracieuse image est fixée dans cette délicieuse posture...

Sans la lui faire quitter, mon ami lui renversa légèrement la tête sur le dossier de la chauffeuse, la pria d'enfoncer plus avant le doigt dans sa vulve et de prendre l'air d'une femme qui jouit...

Je fus stupéfait de l'expression que revêtit alors le visage de la jeune femme. Sa main cessa de tenir ouvert le livre dont le titre s'étalait sur la couverture, réclame pour l'ouvrage et explication de l'extase qu'elle éprouvait, car ses yeux voilés se levaient au ciel, sa bouche s'entr'ouvrait laissant voir une jolie rangée de dents et tout son être respirait la jouissance la plus passionnée… Une nouvelle plaque la reçut ainsi ; puis elle put se reposer et se leva toute souriante en rabaissant et tapotant ses jupons et sa robe.

2

— Si vous n'êtes pas trop fatiguée, mon enfant, nous allons vous faire en décolleté, puis en académie.

— Je ne suis pas fatiguée, dit-elle simplement. Alors il faut que je me déshabille ? Cela va se corser…

— Ôtez d'abord votre robe, je vous prie… Entrez si vous voulez dans ce cabinet.

Elle en sortit en simple jupon et corset, puis fut priée de prendre des attitudes analogues aux précédentes, et ce fut un nouveau régal pour moi de voir cette jeune femme exhiber, au milieu de ses jupons de dentelles, ses jambes d'un dessin parfait, depuis ses pieds cambrés dans ses bottines, ses mollets tendant le bas de soie, ses genoux ronds surmontés d'une jarretière rose, jusqu'aux cuisses blanches et potelées à la jonction desquelles apparaissait sa motte rebondie. C'était un tableau exquis auquel l'expression de son joli visage ajoutait un charme ineffable…

Après avoir été tirée ainsi dans deux attitudes, elle consentit à les renouveler immédiatement en *académie*, c'est-à-dire en chemise ou toute nue. Quelques instants suffirent à simplifier tout à fait son costume et elle sortit du cabinet absolument nue, n'ayant gardé que ses bottines et ses bas qu'elle tirait en souriant pour en faire disparaître tous les plis avant de poser…

On a beau dire, le nu sera toujours le nu. La simple vue de cette jolie femme s'exhibant toute nue devant l'objectif troubla encore plus mes sens que celle de ses postures lubriques avec ses vêtements. Le piquant du retroussé ne remplace pas la vue de ces tétons, de ce ventre, de ces flancs, de ces fesses offerts hardiment aux yeux, surtout quand il s'agit non d'une banale *académie*, mais d'un beau corps se prêtant à des attitudes lubriques. Le rejet du dernier voile déchaîne toutes les impudicités. Aussi, comment décrire mon émotion quand, en ce simple appareil, la jeune femme s'installa de nouveau sur la chauffeuse, la main entre ses cuisses écartées, et qu'au moment voulu elle reprit cette inimitable expression d'extase érotique qui eût fait le désespoir d'un peintre... Ce n'était plus seulement l'image d'une Parisienne fin-de-siècle se branlant à la lecture d'un livre cochon, c'était celle de la Vénus impudique moderne, celle de la luxure féminine faite chair...

Cette luxure s'infiltrait dans mes veines, embrasait mon sang. Je ne sais ce qui me retenait de me jeter sur ce beau corps, de me livrer sur lui à la plus ardente des fornications, sans souci de l'objectif qui m'eût pris en flagrant délit comme jadis les filles de Vulcain surprirent le dieu Mars et la déesse païenne en train de s'enfiler et tellement enivrés de volupté que les regards de tout l'Olympe ne les empêchèrent pas de tirer quand même leur divin coup...

... Mais pour l'instant, je dus aider mon ami à développer ses plaques, pendant que notre modèle, ayant repris sa chemise, allumait une cigarette.

3

Les clichés vinrent parfaitement.

— Elle est ravissante, cette femme, dis-je.

— Parfait, parfait, répondit mon compagnon, développant l'image où elle se trouvait nue. Quel modelé !… quel galbe !…

Et il s'enthousiasmait en artiste qu'il était. D'après l'avis d'un philosophe des plus austères on peut exécuter des chefs-d'œuvre avec les sujets les plus immoraux et c'était le but auquel il visait.

— Quelle expression elle a !…

— On dirait que *ça y est* réellement.

— Elle ne saurait en avoir une plus intense quand *ça y est réellement*.

— Vous pouvez vous en assurer si vous voulez. Elle ne demandera pas mieux et cela ne vous coûtera pas cher si vous lui plaisez.

— Alors elle fait de l'art pour l'art ? Mais elle ne pose pas ici pour rien ?

— Oui et non ; quelques cadeaux. Si elle pose, c'est un peu parce qu'elle le veut bien. Elle a une pension de son mari.

— Et de quelques autres, sans doute ?

— Ça, c'est son affaire. C'est l'argent de poche…

Mes désirs pour elle grandissaient de plus en plus et j'admirais le calme de mon ami. C'est qu'il avait déjà mis au point sur la glace dépolie tant de tétons, de fesses, de cuisses de femmes qu'il était un peu blasé.

— Mais, dis-je, vous me parliez de groupes ; est-ce elle qui posera ?

— Elle me l'a promis si le sujet lui plaît.

— Sujet homme ou sujet femme ?

— Les deux ; une petite actrice et un commis de nouveautés, joli garçon.

— Il ne s'ennuiera pas, le sujet homme.

— Vous voudriez peut-être bien tenir ce rôle ?

— Oui, s'il n'y avait pas l'objectif ; à moins de garder le cliché moi-même, pour être bien sûr que des épreuves indiscrètes...

— Bah ! Elles ne passeraient jamais qu'en mains sûres et ceux qui prendraient plaisir à contempler l'image de votre fornication avec une jolie femme ne seraient pas loin de se prêter à la même fantaisie. Et puis on peut se grimer, mettre un loup. J'ai là justement une épreuve prise sur un de mes amis avec sa maîtresse ; je vais vous la montrer.

Les clichés étant achevés, nous revînmes dans l'atelier et la jeune femme nous demanda si elle était réussie.

— Parfaitement, lui dis-je ; à faire damner un saint.

Mon ami avait tiré d'un portefeuille une épreuve représentant d'après nature un homme et une femme en train de...

consommer le coït. L'image avait été prise dans l'atelier où nous étions ; je reconnus les meubles, mais aucun des deux acteurs de la scène. La jeune femme, qui tenait également à voir, déclara simplement que c'était un beau couple, que l'homme était bien monté et devait bien faire jouir une femme.

— À votre service, dit l'artiste, car c'était sa photographie : méconnaissable, il s'était fait une tête, comme les invités de certaines soirées travesties.

Et je l'enviais, car sa compagne était fort jolie.

— Quelle est cette femme ? demanda notre modèle.
— Une de mes clientes. Voilà son portrait à l'ordinaire.
— Elle a l'air d'une sainte-nitouche, là-dessus.
— Mais elle n'y touche pas non plus… Elle le reçoit tout gentiment. Elle n'y met pas la main…
— Et là, non plus ? demanda la jeune femme qui, malgré mon ami, s'était emparée d'une épreuve qu'il voulait cacher et où sa compagne était représentée y touchant… avec la bouche… C'est comme dans ce livre que vous m'avez prêté, *La Passion de Gilberte* ; elle n'y met pas la main, mais elle y met… la langue.
— Oh ! Mais vous êtes indiscrète, dit l'artiste…

Mais bon gré mal gré, il dut laisser contempler une suite où il s'exhibait avec cette femme et d'autres en toutes sortes de postures, accouplé avec elles, se faisant sucer, leur faisant minette, risquant même un beau 69… Les groupes étaient artistement composés, les corps délicieusement en relief, les épreuves parfaites. Dans certaines d'entre elles, les deux acteurs avaient un loup sur le visage sans avoir plus de retenue dans leur posture. Il y avait même quelques scènes à trois, où mon ami, s'ébattant avec deux femmes, ne devait pas trouver le temps long.

— Avez-vous livré ces épreuves ? lui demandai-je.

— Oui : à lord H… ; mais j'ai détruit les clichés. Tout ceci n'est que pour moi.

— Du reste, ajoutai-je, en cas de nouvelles demandes, l'original n'est pas loin et toujours à votre disposition. Mais qui opérait ?

— Une amie de bonne volonté…

— Et peu difficile à effaroucher.

— Assez peu, pour échanger sa place sous le voile noir contre une dans un groupe comme ceux que vous avez vus.

4

Cependant le commis de nouveautés n'arrivait pas. Pour passer le temps, on tira encore la jeune femme en quelques poses caractéristiques figurant les différentes phases de la toilette intime d'une dame et où on pouvait la voir se lavant sur son bidet, se peignant le poil, se mettant de la poudre de riz à la motte. Puis elle posa en certaines tenues piquantes, toute nue avec ses bas, ses bottines, son corset appliqué à même la peau sans chemise ; puis avec son manteau de ville jeté sur ses épaules et tout ouvert par-devant, de façon à unir le piquant du déshabillé aux charmes de la nudité.

Toutes ces séances auxquelles je prenais maintenant une part véritablement active, posant notre gracieux modèle, rangeant les plis de ses vêtements quand il y en avait, soignant l'éclairage de ses charmes secrets qu'il s'agissait de mettre bien en vue, tous soins qui n'allaient sans contact de mes mains avec la douce peau de ses membres potelés et des parties intimes de son corps ; puis, contemplant sur la glace dépolie et mettant au point l'image suggestive de cette délicieuse créature en poses obscènes, tout cela avait porté mon moral au niveau d'érotisme lubrique où se trouvaient mes sens… Le monde extérieur s'évanouissait. Rien n'existait plus au-delà des murs de cet atelier qui devenait le temple de l'impudicité où je me figurais devoir vivre éternellement, comme les prêtres hindous au fond de leur retraite, l'esprit et la vue toujours fixés sur des tableaux lubriques, mon occupation unique consistant à en créer sans cesse de nouveaux, à y figurer moi-même.

En effet, dans ce moment, enflammé par la vue de cette jolie femme posant dans les attitudes les plus impudiques, enivré par la grâce et l'aisance qu'elle mettait à se livrer ainsi à l'objectif, j'étais tenté de me faire son partenaire, de rivaliser d'impudicité avec elle, de la peloter, de l'enfiler, de la gamahucher devant l'appareil photographique et d'être tiré avec elle dans les plus lubriques postures.

Mais de cette envie secrète à une proposition directe il y avait un pas à franchir. Ce pas fut franchi sans que je m'en doutasse.

— Ne m'aviez-vous pas parlé de groupes ? dit la jeune femme. En voyant monsieur, je croyais que c'était avec lui.

— Non, chère belle, c'est avec un autre qui n'arrive pas.

— Eh bien, mais vous voilà deux, ici. Pourquoi attendre ? J'aime autant ça avec l'un de vous.

— C'est que mon opérateur, dit mon ami en me regardant, n'est pas engagé du tout pour cette besogne-là. C'est un homme du monde qui vient ici pour étudier et…

— Mais je pose bien devant lui, moi…

— S'il veut bien, arrangez-vous ensemble.

À ces paroles, par tout mon corps, des pieds à la racine des cheveux, me passa un frisson de lubricité déchaînée. Mon cœur battait comme lorsque pour la première fois je me trouvai dans la chambre d'une femme et que glissant ma main entre ses cuisses je touchai, sensation inconnue pour moi alors, son poil, sa motte, son con. J'hésitai une seconde et j'acceptai… J'acceptai, tout osée qu'elle fût, cette proposition dont je brûlais en secret de prendre l'initiative. Si le spectacle des combats engendre les actions belliqueuses, celui de la lubricité suggère les impudiques. Le milieu où j'étais, l'exemple de cette jolie jeune femme offrant en souriant sa nudité à nos regards et à ceux qui la contempleraient sur l'épreuve photographique, celui de mon ami s'exhibant comme on me proposait de le faire, étaient d'une contagion trop vive et trop douce pour y résister…

— Avec un loup ? dis-je d'une voix tremblante d'émotion lubrique.

— À la bonne heure, dirent la jeune femme et l'artiste… Je crois que nous allons faire quelque chose de bien, ajouta ce dernier. Puisque Madame est en chemise, nous allons commencer par un petit tableau de genre… Madame va se coucher sur ce sofa… Là… Simulez le sommeil… Et vous, vous êtes censé la surprendre pendant qu'elle dort…

La jeune femme obéit ; sa chemise fut décolletée pour mettre en évidence son joli téton, relevée par en bas pour laisser voir son duvet frisé ; une main fut négligemment placée sous sa tête, l'autre posée sur l'aine. Et moi, glissant la mienne entre ses cuisses rondes, je me penchai pour cueillir un baiser sur ses lèvres…

— Ne bougeons plus… Une, deux… C'est fini…

Dans la pose suivante, prise immédiatement, la dame ne changea pas de posture, mais ma bouche quitta ses lèvres pour aller se coller sur celles que je voyais au bas de sa toison, tandis qu'elle ouvrait en souriant les paupières.

— Nous appellerons ça *Le Sommeil* et *Le Réveil*, dit l'artiste. Ce sera charmant, vous verrez…

J'eusse bien volontiers continué la caresse linguale dont j'avais fait le simulacre entre les cuisses de la jeune femme, mais je ne pouvais pas m'arrêter à la première scène de mon rôle dont ceci n'était que le prologue. Il ne tarda pas à prendre une tournure plus marquée et à me faire revêtir un costume approprié.

Sur l'indication de l'artiste, et tandis qu'il préparait deux nouvelles plaques, je quittai redingote, gilet et pantalon, et restai en manches de chemise et en caleçon… ma compagne assise sur le sofa. L'opérateur nous groupa. Je passai une main autour de la taille de la jeune femme, l'autre étant glissée entre ses cuisses, bien appliquée sur sa motte, un doigt pénétrant dans la fente… Nos bouches collées… Près de nous un livre que nous ne lisions plus… Notre groupe était, d'après son auteur, inspiré du tableau de Schaeffer, *Francesca de Rimini* ; mais il le fut plutôt de l'Arétin, car il me pria de déboutonner mon caleçon pour que la main de Francesca pût exhiber mon priape et le tenir en sa main délicate.

Naturellement je bandais ferme et ce fut une émotion étrange de sentir cette intime partie de moi-même, saisie par une main féminine et exhibée devant un tiers...

Les deux premières poses ne m'avaient causé rien de pareil, car l'impudicité de la scène reposait presque entièrement sur ma compagne ; mais du coup ma part égalait la sienne... Elle montrait son con avec le doigt d'un homme dedans, moi mon vit entouré de la main d'une femme... J'éprouvais une sensation semblable à celle qu'on pourrait avoir en se trouvant tout nu dans la rue, ou de sentir son caleçon se déchirer en sortant de la mer devant des dames, ce qui m'était déjà arrivé. Mais la présence de la jeune femme ne s'inquiétant nullement de l'indécence de sa posture devant mon ami me familiarisa avec la mienne, ainsi qu'à l'idée d'avoir mon image reproduite en pareille tenue... D'ardents coups de langue donnés et reçus dans nos bouches firent envoler toute trace de timidité et de pudeur, de sorte que je ne tardai pas à jouer mon rôle au naturel, sans me préoccuper de mon ami qui donnait ses derniers soins à la scène et disposait près de nous des réflecteurs en calicot destinés à projeter le jour sur ce qui devait apparaître bien en relief, sur le con de ma compagne et sur l'objet raide que sa main serrait doucement...

« Ne bougeons plus, s'écria-t-il enfin... »

La jeune femme arrêta ses coups de langue et son visage prit cette délicieuse expression d'extase qu'elle lui avait donnée quand elle posa seule la main entre ses jolies cuisses... Mon cœur battait à se rompre… L'obturateur fonctionna… C'était fini… J'étais pris ainsi ; j'allais figurer sur des photographies nommées obscènes par les prudes qui les recherchent néanmoins avec empressement.

Me repentais-je ? Non… Me repentir, et pourquoi ?… Se repentait-elle, ma jolie compagne qui tenait toujours mon vit dans sa petite main et me disait :

« Elle va être joliment bien prise sur la photo, car elle est d'un raide !… »

5

L'obstacle était donc sauté, et sauté en gentille compagnie. Je me sentais tout autre ; il me semblait tout naturel d'avoir posé en tenue d'amour comme d'autres en tenue de chasseur, de cavalier. Et quand l'opérateur revint de son cabinet noir, c'est à peine si, tout débraillé, je songeai à cacher mon vit se cabrant dans une majestueuse raideur…

— Ce sera parfait, dit l'artiste ; c'est très bien venu. Maintenant, si vous êtes toujours disposés, nous allons continuer ; la lumière est bonne. Cette fois, nous allons corser la situation. Vous permettez, Madame, que Monsieur quitte son caleçon devant vous ?

— Allez-y, allez-y…

Je m'exécutai sans difficulté.

— Je vous demanderai, dit mon ami, de vouloir bien représenter une des stations de l'amour, et non une des moins goûtées des dames.

Prenant place sur la chauffeuse, la jeune femme est priée de relever sa chemise, d'écarter les cuisses et de bien avancer ses fesses sur le bord du siège. Quant à moi, deux mots m'indiquent que j'ai à prendre position entre ses jambes, dans un rôle que je brûle de remplir, la tête entre ses cuisses, la bouche sur le con charmant qu'elle offre à ma caresse… Mais il ne

6

Notre séance n'était pas encore terminée et ce n'était pas une satisfaction momentanée des sens qui pouvait faire oublier à la jeune femme son rôle artistique. De mon côté, j'étais transporté de désirs inassouvis, enivré d'impudicité. Je comprenais alors la possibilité de figurer comme acteur dans ces orgies lues, sans trop y croire, dans certains livres, dans ces scènes où femmes et hommes en rut se donnent réciproquement le spectacle de leurs ébats jusqu'au coït inclusivement.

J'eusse fait devant l'univers les plus grandes cochonneries ; et la pensée de savoir mon image contemplée en des poses impudiques avec ma jolie compagne me causait une délirante émotion. Cependant mon ami avait pris à part ma compagne et semblait lui demander discrètement quelque chose. Elle l'écoutait en baissant les yeux et, je crois même, en rougissant. Quelle impudicité monstrueuse pouvait-il exiger d'elle qui pût colorer ses joues ?

— Allons-y, je veux bien ; aujourd'hui je suis disposée à tout, répondit-elle enfin.

— Vous êtes charmante, lui dit l'artiste. Puis s'adressant à moi : Inutile de vous demander si vous y consentez, n'est-ce pas ?

— À quoi ? dis-je.

— Vous allez voir... C'est un peu risqué pour une dame, mais avec vous, heureux mortel, on veut bien consentir à tout. Étendez-vous sur le sofa et que votre visage reflète bien l'état d'âme d'un homme traité comme vous allez l'être par la bouche d'une jolie femme.

Comme en un rêve je pris place sur le sofa. Ma chemise fut relevée par je ne sais quelle main, celle de l'opérateur ou celle de ma compagne. Toujours est-il que j'entrevis la jeune femme, à genoux, approcher son visage de mon priape bandant, le saisir de sa main fine et coller ses lèvres sur le bout...

— Parfait, dit mon ami, restez ainsi ; seulement un bécot d'abord au bijou des dames...

Quand la première plaque eut été tirée et une seconde mise en place :

— Maintenant allez-y franchement, corsons un peu la chose...

— Oui, dit simplement la jeune femme, suivant docilement l'avis donné, ouvrant ses lèvres et englobant sans hésiter tout mon gland dans sa jolie bouche...

On m'invita à ne plus la regarder fonctionner mais à prendre l'attitude expressive naturelle à tout homme en cette enivrante situation, et je n'eus pas besoin de simuler.

En proie aux plus violentes envies de lancer dans la bouche de ma jolie suceuse les flots de l'ondée spermatique, mais retenant mes désirs dans cette délicieuse phase qui précède la jouissance, je crispais ma main sur sa blonde chevelure, pour rendre plus intime le contact de sa bouche.

— Vous n'allez toujours pas jouir comme ça, dit-elle, s'arrêtant inquiète des soubresauts de mon vit dans sa bouche…
— N'ayez crainte, chérie…
— C'est qu'on aura encore besoin de vous dans ce bel état…

Je ne m'attendais guère à cette réplique dictée par un tout autre sentiment qu'un excès de pudeur. Confiante, elle se replongea dans la bouche l'arme amoureuse dont elle ne craignait plus la décharge intempestive et l'enfonça le plus avant qu'elle put, au moment fatidique où la voix de l'artiste réclama notre immobilité…

Quand ce dernier se fut retiré dans le cabinet noir, ma compagne tint absolument à ce que nous restions sages jusqu'à la nouvelle pose.

— Vous feriez comme moi, dit-elle, vous finiriez par jouir, et alors adieu la pose ; car si on vous voyait auprès d'une jolie femme dans des postures comme les nôtres sans qu'on pût constater l'effet que cela vous fait, cela ne serait flatteur ni pour vous ni pour moi…
— Puis-je espérer que le moment viendra où vous me dédommagerez ?
— Nous verrons cela ; je ne dis pas non ; mais en attendant, restons tranquilles jusqu'à ce qu'on n'ait plus besoin de nous ; trop de pelotage serait scabreux…

— Je vous obéis ; bien que je vous prie de croire que près d'une jolie femme comme vous mon ardeur ne serait pas longue à renaître.

« Vous êtes galant et je vous crois, mais il y aurait quand même un peu de temps perdu. »

En attendant le retour de l'opérateur en train de développer ces clichés où ma compagne s'était laissé photographier me faisant la caresse réputée la plus impudique pour une femme, nous causions de tout, de son pays, du théâtre, des voyages, et je constatais qu'elle avait une conversation très intéressante. Aussi je me promis bien de ne pas en rester là, malgré la bizarrerie de notre rencontre.

Mon ami se déclara tout particulièrement satisfait des clichés qu'il venait de développer. Moi-même, lorsque je les vis plus tard, je les trouvai merveilleux. Il existe en effet un écueil, rarement évité pour la réussite d'une figure féminine ayant en bouche un membre viril.

Mais la besogne accomplie par la jolie bouche de ma partenaire n'avait en rien détruit l'harmonie de son visage.

Quant à moi, en dehors de l'étrange impression de me contempler avec elle photographié en de pareilles postures, de voir sur l'épreuve l'image de mon membre exhibé à l'air tout raide, dans la main ou la bouche de cette jeune femme, je constatai que je faisais assez bonne figure comme amoureux en activité.

Comme tout marchait si bien ce jour-là, et pour ne point laisser languir notre enthousiasme, nous fûmes priés de prendre la posture nommée 69, qui n'était en somme que la résultante naturelle de nos autres poses.

7

Etendu sur le sofa, le vit en l'air, bandant plus que jamais, je vois la jeune femme se dépouiller d'abord de sa chemise, puis, toute nue, se mettre à cheval sur ma figure. Un instant je contemple les formes divines de son cul ; puis saisissant à pleines mains les deux fesses, j'enfonce ma tête entre les deux cuisses de satin et colle ma bouche sur ce con qui s'offre à moi dans une position inverse de la première, surmonté par les fesses au lieu de l'être par la motte poilue et le ventre… J'applique avec ferveur mes lèvres sur les siennes entre lesquelles ma langue impatiente commence aussitôt sa douce friction, tandis que je sens mon membre saisi par une main délicate et logé soudain dans la bouche, sœur de celle que je lèche… Cette fois, on ne voit ni ma tête, ni ma langue. Les cuisses de ma compagne cachaient mon visage. Tout l'intérêt du groupe repose dans la posture d'une jolie femme à qui un homme fait minette et qu'elle récompense gentiment en lui suçant généreusement le vit…

Isolé pour ainsi dire de la scène, la figure encastrée dans l'angle moelleux des deux fesses qui me mettent un bandeau sur les yeux, toute mon activité, toute ma vie sont concentrées dans l'ardente fonction de ma langue… C'est comme en rêve que j'entends crier : « Ne bougeons plus… » Mais à ce moment, sous l'effet de ma caresse frénétique, ma compagne se mit à trémousser les fesses de façon à compromettre la pose.

8

À son retour, mon ami, après nous avoir déclaré que c'était un jour de chance pour son art, car tous ses clichés venaient merveilleusement, nous déclara qu'il réclamait encore de notre obligeance trois poses, une représentant l'acte amoureux naturel, une en déshabillé, au milieu du retroussis des jupes et du débraillé du costume, et une troisième qu'il nous indiquerait au moment voulu.

Retirant son manteau, ma compagne s'installa toute nue sur le bout de la chaise longue, un coussin sous les reins, les cuisses franchement écartées, le con prêt à recevoir ce qu'elle y attendait de par mon rôle... La vue de ce beau corps féminin s'exhibant sans autre vêtement que les bas et les bottines que l'on sait donner tant de piquant à la nudité de la femme, remet soudain en posture mon membre un instant calmé durant notre entretien. Je l'introduis tout raide dans sa loge naturelle où il doit rester tranquille tandis que l'artiste relève ma chemise, dispose nos membres pour bien mettre en évidence la délicieuse introduction.

Couché sur la jeune femme dont les bras potelés m'entourent le cou, mes lèvres sur ses lèvres, nos langues unies, nous restons ainsi immobiles, ayant pour ma part une idée du supplice de Tantale... On me recommande de ne plonger qu'à demi mon membre dans sa douce gaine pour qu'il soit bien en vue... et l'obturateur joue...

Une première plaque est ainsi prise, puis une autre, sans modification que du côté de ma partenaire qui reprend son expression d'extase comme si elle jouissait et recevait dans son sein les flots de sperme que j'étais censé lui verser. Ce n'est du reste que par un miracle de volonté qu'ils ne s'échappent point...

Cela ne comptait que pour une pose.

« Si vous étiez bien gentils, dit mon ami retirant ses plaques, vous poseriez encore en ce costume d'une autre façon avant que j'aille développer ceci. Vous vous rhabillerez ensuite. »

C'est sur la chauffeuse que cette fois s'installe ma jolie baiseuse. Devant elle, entre ses cuisses, à genoux sur un coussin, je replonge dans son con mon membre encore humide. Doucement inclinée, elle se regarde enfiler en souriant ; et pour que la lubrique opération se voie bien, ses jambes relevées haut sont passées sous mes bras qui les maintiennent... Comme pour la précédente pose, je suis invité à n'entrer qu'à demi mon membre, pour qu'on voie bien autour de lui l'anneau formé par les lèvres du doux fourreau qui l'enserre. Cette demi-prise de possession est en même temps prudente, car qui sait si, plongé jusqu'au fond, je pourrais maintenir les écluses du sperme bouillonnant ?

La pose est bonne, la plaque est glissée. Clic, clac... Ne bougeons pas encore. Le châssis est retourné pour exposer une autre plaque. Ma compagne est invitée à ne plus regarder l'entrée de mon priape dans sa vulve, mais à rejeter sa tête en arrière dans l'attitude de la jouissance… Attention… Et bientôt le cliché nous a fixés dans une nouvelle pose impudique. Nous n'en sommes plus à les compter.

« Vous pouvez à présent vous rhabiller, dit mon ami ; à tout à l'heure notre dernière pose. »

9

Durant toutes ces postures à faire bander les pierres, la jeune femme semblait garder assez de sang-froid. Il est connu, du reste, que les dames savent mieux que nous résister à cette excitation suprême des sens, retenir leur coup, pour employer une expression imagée. Je ne savais encore si je pourrais consumer de suite avec elle le feu dont elle m'avait embrasé, mais je comptais que ce bonheur ne se ferait pas attendre. Nous reprîmes nos habits, je l'aidai à remettre sa chemise, son corset, ses jupons et enfin sa robe. Elle n'avait pas repris son pantalon.

— Puisque nos posons encore, dit-elle en riant, cela n'est pas nécessaire, je pense…

Quant à moi, je me rhabillai jusqu'à la redingote exclusivement. Ces soins de toilette calmèrent un peu mon ardeur ; et tous deux assis sur le sofa en attendant le retour de mon ami, nous n'avions nullement l'air de nous être livrés ensemble aux plus renversantes conceptions de l'impudicité.

— Vous allez bientôt être libérés, dit l'artiste reparaissant. Vous n'êtes pas fatigués ?… Mais vous devez être un peu excités… Prenez patience. Quand ce sera fini, je vous laisserai seuls ici…

Cette délicieuse perspective servit de palliatif momentané aux brûlantes ardeurs qui me démangeaient et dont l'extinction n'aurait guère pu être plus longtemps différée. Je frissonnai à l'idée de recommencer, sans contrainte, cette fois, tout ce que j'avais fait avec ma jolie compagne, mais en allant jusqu'au bout.

Après l'art, l'amour. Pour le moment, c'est encore l'art qui va dominer la scène.

La jeune femme s'assied sur la chauffeuse, avance bien ses fesses en avant, puis, sur l'indication de mon ami, prend ses jupes et les retrousse le plus haut possible, exhibant ses jambes jusqu'à montrer ses cuisses et la mignonne fente poilue qui se trouve entre elles ; tableau déjà connu, mais dont le charme renaît sans cesse et tire un nouveau piquant, une nouvelle saveur, de son encadrement de jupons…

En impudicité, le retroussé l'emporte encore sur le nu. Mon ami ne faisait jamais le nu complet, mais priait toutes les jolies femmes qui voulaient bien poser devant lui à poil de garder leurs bas et leurs bottines ; semblable à ce lord qui ne voulait voir au lit auprès de lui ses maîtresses sans leurs bas et leurs jarretières. En effet, une femme dans une nudité absolue ne date pas ; son corps est celui d'une femme quelconque à une époque indéterminée, et la reproduction des parties secrètes nous émotionne moins ; c'est une question d'anatomie. Les gravures de Jules Romains nous laissent assez froids pour cette raison. Quelle différence quand une fine bottine chaussant le pied mignon, un bas moulant un joli mollet, une jarretière élégante le retenant au-dessus du genou et tranchant sur la peau de la cuisse nue, nous rappellent que cette femme est notre contemporaine, qu'elle vient de se déshabiller exprès pour se montrer nue et commettre les impudicités dans lesquelles elle ose s'exhiber, puis qu'ensuite, rhabillée, vous pourrez peut-être la coudoyer dans la rue, voire même la suivre, surtout s'il pleut et qu'elle laisse voir un peu sa jambe comme pour donner aux hommes l'envie de connaître le reste, qu'on se représente en la déshabillant du regard et qu'elle vient de livrer à l'indiscrétion de l'objectif.

Dans le retroussé, dans l'image d'une dame relevant ses jupons pour montrer ce qu'ils cachent de plus secret, les qualités recherchées dans un tableau lascif sont au moins aussi manifestes, car l'intention impudique y est absolument évidente… Que dire quand c'est l'original lui-même qu'on a devant soi ?…

Aussi, un désir irrésistible me fit encore me précipiter à genoux entre les jolies cuisses et coller ma bouche entre elles, transport qui nous valut l'obligation de poser ainsi de nouveau… Puis, sans plus tarder, nous nous mettons en devoir de poser pour l'acte naturel… Doucement j'introduis mon membre entre les lèvres du con que je viens de baiser… Ma compagne toute souriante se regarde enfiler et une plaque nous reçoit dans cette posture préliminaire suivie d'une autre où, saisissant sous mes bras les jambes de la jeune femme, j'enfonce mon membre jusqu'au poil, tandis qu'elle renverse sa tête dans l'attitude d'une pâmoison délicieuse…

Dès qu'a retenti le clapet de l'obturateur, elle quitte sa posture et se délivre de mon étreinte, quoique j'eusse bien mérité cette fois de la baiser jusqu'au bout, nos poses étant terminées. Mais je patientai encore, comptant sur le prochain départ de l'artiste qui nous laisserait seuls dans l'atelier. Et alors, plus de contrainte… Je la déshabillerais, je palperais son beau corps, je sucerais ses tétons. Donnant libre carrière à l'ardeur de mes sens, je la gamahucherais, je lécherais son beau con en toute liberté, la priant même de me rendre la pareille ; puis, enlacés dans une posture quelconque, je l'enfilerais et verserais dans son sein les flots de sperme qui bouillonnent en moi…

— Dites, vous resterez avec moi tout à l'heure, n'est-ce pas, lui dis-je. Vous voulez bien ?…

— Voyez-vous ça, polisson. Vous me désirez donc tant que cela ?

— Si je vous désire ?… Vous ne voyez donc pas quelle contrainte il m'a fallu pour ne pas vous posséder tout à fait quand je vous tenais avec vos deux jolies jambes sous mes bras.

— Si je ne vous avais pas repoussé, je crois que j'y passais.

— J'avais envie de vous violer.

— Ha, ha !… Je vous en aurais bien empêché ; on ne me viole pas ; je me livre à qui me plaît.

— Eh bien, cela vous plaît-il ? Dites ?

— Mais… oui…

— Ici ?

— Pourquoi pas ?

— Vous êtes charmante…

Et je collai sur ses lèvres ma bouche ardente, plongeant dans sa bouche ma langue que la sienne vint rejoindre aussitôt. Je sentis qu'elle aussi ne demandait pas mieux que de couronner toutes ces poses excitantes par une séance de jouissance à perdre l'âme…

10

La rentrée de mon ami nous arrêta dans des épanchements qui nous conduisaient à toute vapeur sur la route de la fornication. Il venait nous proposer comme dernière séance une chose assez scabreuse.

— Je vous ai annoncé, n'est-ce pas, dit-il, que le sujet de notre dernière pose vous serait expliqué au dernier moment. Je constate que vous êtes en parfait état pour me comprendre. Il s'agit pour vous de supposer que je ne suis pas là, et de continuer vos caresses jusqu'au bout, jusqu'à la fin inclusivement ; vous comprenez ? Mon objectif saisira le moment propice pour vous fixer instantanément à certaine minute précise… Personne n'a, je crois, encore pu le faire. Nous essaierons. Cela vous va-t-il ?…

La jeune femme me regarda, semblant demander mon avis. J'essayais de lire le sien dans ses yeux, brûlant de la voir accepter.

— Comment nous mettrons-nous ? dit-elle, en rougissant légèrement.

— Prenez la même posture que tout à l'heure, dit l'artiste ; ce sera plus commode.

— Oui, mais vous serez sage à la fin, me dit la jeune femme ; vous savez, je ne veux rien de vous…

C'est l'éternelle question pour toute femme qui veut bien se livrer à un homme, mais tient surtout à ne pas s'en repentir. Question délicate et qui l'était particulièrement pour nous alors que l'intérêt de l'art exigeait qu'il n'y eût au moment de la jouissance nulle précaution, nulle réticence... Mon ami tira d'un meuble une boîte de ces objets familièrement dénommés chandelles de Sixte-Quint et fabriqués en caoutchouc rose.

— On ne se sent pas, avec cela, dit la jeune femme ; vous feriez mieux de vous retirer au moment.

— Pour ce que nous voulons faire, cela n'irait pas ; il ne faut aucune interruption...

— Eh bien, n'avez-vous pas ceux que les femmes se mettent, vous savez ?...

— Oui, mais je n'en ai pas.

— C'est dommage, j'en ai chez moi ; si j'avais su... Une autre fois...

Force me fut donc de revêtir mon membre de la chandelle de Sixte-Quint rose... Entourant alors la taille de ma compagne, je la pousse sur la chauffeuse où elle reprend sa posture de tout à l'heure et moi la mienne entre ses jambes. Pareille est la posture, mais tout autre est notre rôle, tout autre est ma fonction qui devient délicieuse. Plus de contrainte, plus de frein... Libre carrière à la fougue de mes désirs... Vite je me plonge dans son con où la main elle-même de ma jolie baiseuse guide mon vit impatient, puis, saisissant sous mes bras ses deux jambes, je l'enfile avec fureur et la vois bientôt tomber en extase amoureuse... L'artiste met au point comme il peut...

Plus rien ne m'arrête… Je suis au comble de la jouissance… Le cul de ma compagne répond à mes coups ; ses reins se tordent ; ses bras potelés se croisent sur mon dos… ses yeux voilés ne montrent plus que leur blanc ; sa bouche desserrée laisse voir ses jolies dents… Je sens ses bras se crisper autour de moi, ses doigts me labourent les reins… Oh… Quelles délices !… Je jouis… Je vais décharger… Un cri s'échappe de nos lèvres et la décharge s'élance en jets brûlants… Confusément j'entends l'obturateur fonctionner, l'artiste se retirer avec la plaque où la lumière a fixé notre spasme… et nous restons anéantis.

11

Quand j'eus repris mes sens, je donnai sur la bouche de ma belle enfilée ce long baiser entremêlé de langues, baiser de reconnaissance du plaisir ressenti, donné par tout amant à la femme qui vient de se livrer à lui.

— Eh bien vrai, nous en faisons de jolies, dit-elle…

— Oh, après ce qui s'est passé avant…

— Oui, mais ce n'était que le simulacre, tandis que de ce coup…

Cette subtile distinction, établie par sa pudeur, ne me semblait pas bien sensible… Mon priape fut retiré de sa douce gaine. Instinctivement j'avais pris mon mouchoir pour étancher les derniers pleurs de l'amour qui ne manquent jamais de tomber sur les vêtements quand on fait ainsi l'amour tout habillé et surtout qu'une jouissance d'une intensité exceptionnelle a quintuplé la violence de l'ondée spermatique. J'oubliais que la chandelle de Sixte-Quint avait endigué jusqu'à la dernière goutte et que ma compagne, à l'abri de l'averse, n'avait à essuyer sur ses appas secrets que cette douce moiteur qui lubrifie le con d'une femme pendant un coït où elle a joui. Je lui présentai toutefois le linge et, me remerciant gentiment, elle le porta entre ses cuisses.

Tous ces détails sembleraient superflus s'ils n'avaient un but : celui de faire partager à mes lecteurs et à mes lectrices mon étonnement sans cesse renouvelé de rencontrer tant de distinction, de manières alliées à une perversité, à une impudicité capables d'inspirer les écarts auxquels elle se livrait avec une si charmante désinvolture.

Dans le cabinet où j'étais passé se trouvait tout le nécessaire pour la toilette. Mon vit y fut dévêtu de sa peau artificielle et la jeune femme vint m'y retrouver son pantalon à la main pour le remettre.

— Pas encore… lui dis-je en l'embrassant.
— Quoi ?… Vous voulez… encore…
— Oui ; tout à l'heure, quand nous serons seuls…
— Gourmand…

L'artiste rentrait à ce moment. Il nous déclarait que jamais cliché n'avait été si bien réussi pour l'expression. Et, en effet, le lendemain j'en vis des épreuves : impossible de peindre d'une façon plus saisissante le délire reflété par la physionomie d'un amant dans cette minute précise où s'élance son sperme… et l'extase de la femme qui en reçoit, en se pâmant, la brûlante ondée…

<h1 style="text-align:center">12</h1>

Fidèle à sa promesse, l'artiste nous laissait bientôt seuls dans son atelier.

Si les lectrices veulent savoir ce qui se passa après le départ de mon ami, je leur dirai que, dix minutes plus tard, la jeune femme était toute nue et moi en chemise, elle couchée sur la chaise longue, moi la tête entre ses blanches cuisses, léchant son adorable conin… Quelques instants après, sa jolie bouche me rendait la caresse réciproque… Libre cours fut donné à nos plus libertines fantaisies. Accouplés tous deux en un délicieux 69, nous nous livrâmes sans frein aux transports causés par cette enivrante erreur des sens… Je sentis sa bouche tantôt semer ses baisers et ses coups de langue sur la colonne rigide de ma queue bandant à se rompre, sur la fente du gland, tantôt englober celui-ci dans une succion passionnée…

Embrasé de furie lubrique, je crible de baisers, je suce, je lèche tout ce que ma bouche trouve à sa portée, et ma langue affolée de luxure s'égare en faisant minette jusque dans le sillon de deux fesses poudrederizées que mes mains écartent pour l'aider à se plonger plus franchement entre elles.

Notre délire atteint son paroxysme… Le joli cul que j'ai sur la figure s'agite en soubresauts convulsifs ; je n'y tiens plus… Je veux me retirer pour baiser ma délicieuse suceuse et éteindre dans son sein le feu qu'elle a allumé. Mais sa bouche reste attachée à sa proie... La mienne se recolle avec frénésie entre ses cuisses, entre ses fesses qui se trémoussent... et, dans un spasme de volupté inouïe, je laisse jaillir dans sa bouche les flots de décharge brûlante... Elle reçoit tout sans broncher, continuant à sucer, à téter mon membre pour aspirer la dernière goutte de la douce liqueur tandis que je passe quelques dernières langues dans son con...

Le calme succède à l'orage. On se déplace ; ma compagne court à la toilette ; je la suis, pelotant encore par-derrière ses jolies fesses nues...

— On n'a pas besoin de préservatif, comme cela, me dit-elle quand elle se fut débarrassée de la liqueur de Vénus. Si vous m'aviez mis cela autre part, j'aurais pu m'en ressentir ; il y en avait joliment...

— C'est bien naturel, après avoir pris toutes ces poses avec une jolie femme comme vous ; car vous êtes très jolie.

— Je vous ai excité ; je vous porte à la peau ?

— Comme jamais aucune femme ne l'a fait.

— Vous êtes galant. Mais si je n'avais pas voulu me laisser faire, vous auriez vite couru chez votre maîtresse.

— Vous n'auriez pas eu la cruauté de me laisser partir et de faire profiter une autre femme des désirs que vous aviez inspirés.

— Je vous en aurais bien empêché. Je me disais en posant que je verrais avec plaisir la quantité de sperme que vous pourriez me donner, excité comme vous l'étiez, et que, si vous ne me demandiez rien, je vous provoquerais tant qu'il faudrait bien que vous succombiez. Je voulais absolument vous voir jouir avec moi.

— Et je ne l'ai jamais fait d'une façon si délicieuse avec une autre femme.

— Vrai ?... Eh bien, je vous avouerai que, moi non plus, je n'ai jamais ressenti ce que j'ai éprouvé aujourd'hui avec vous...

— Nous recommencerons.

***

La nuit vint nous surprendre dans l'atelier au milieu de nos ébats auxquels il fallut bien enfin mettre un terme.

Dans la rue je me trouvai comme sortant d'un rêve, d'un rêve enchanté, sans aucun regret des excentricités commises et prêt à les renouveler avec la charmante complice que j'avais à mon bras.

Je pris une voiture pour reconduire ma compagne qui me pria de la quitter à quelque distance de son domicile, car elle avait dans ses escapades quelques précautions à prendre... pour le monde. Comme j'insistais pour obtenir quelques renseignements plus précis sur elle, je ne reçus que cette réponse :

— Curieux !... Êtes-vous content de moi ?
— Enchanté, ravi...
— Eh bien, contentez-vous pour le moment de cela. Du reste, si vous retournez demain chez votre ami, j'y serai.

Et nous nous quittâmes sur un long baiser.

Ce n'est que plus tard qu'elle me confia sur sa vie quelques détails dont la relation serait superflue et indiscrète. Je dirai seulement à mes lectrices que quelques-unes d'entre elles, et des mieux placées, ont pu la rencontrer, lui causer même, dans certaines réceptions où la position de son mari lui donnait libre accès, sans se douter que, même alors, elle commettait déjà en secret des choses à leur faire dresser les cheveux sur la tête, ou mettre le doigt entre leurs cuisses, en s'imaginant être à sa place.

Depuis sa séparation, elle se consolait en usant de sa liberté recouvrée pour fréquenter des réceptions d'un genre plus intime et offrant des distractions plus à son goût.

— J'aime mieux me déshabiller pour commettre des indécences, disait-elle en riant, que m'habiller pour aller en soirée…

Le lendemain, nous nous rencontrâmes de nouveau chez mon ami occupé à tirer ses épreuves. On l'aidait et c'était un piquant ouvrage que celui-là. Ma compagne maniait les images où elle était représentée dans toutes les postures que l'on sait et assaisonnait son travail de remarques sur la plus ou moins bonne venue de nos organes amoureux…

— Je ne peux pas dire que ce n'est pas moi, dit-elle en me montrant une épreuve où l'on voyait les lèvres de son beau con former anneau autour de mon membre…

Elle s'était mise à notre disposition dans le cas où une épreuve mal venue eût nécessité une nouvelle pose ; mais toutes étaient on ne peut mieux réussies. L'artiste nous en remit une de chaque pose et j'en formai pour ma part un petit musée secret dont la vue régala plus d'une fois les jolis yeux de dames, toutes disposées à reproduire en nature ce qu'elles prenaient plaisir à contempler non sans rougir et sans me presser de questions au sujet de ce que l'on ressentait en posant ainsi devant un objectif.

Le soir amena pour ma jolie compagne et moi une nouvelle suite d'orgies amoureuses commencées dans un cabinet particulier où nous fîmes mille folies, entre autres celle de lui mettre un bonbon dans le con et d'aller l'y chercher avec ma langue, ce dont elle m'offrit la réciproque en léchant de sa langue rose mon vit qu'elle avait enduit de crème à la vanille… Jamais je n'avais vu une femme apporter tant d'intelligence, tant de grâce à pratiquer les cochonneries les plus raffinées, et cela sans avoir l'air d'y toucher.

Le lendemain matin, je me trouvais au lit avec elle, repassant en mon esprit toutes les jouissances de ces deux jours. Etait-ce un rêve ?… Ce qui n'en était certes pas un, c'était cette bouche que je baisais, ces tétons sur lesquels ma main s'arrondissait, ce con où je glissais un doigt, en un mot, cette délicieuse femme aux chairs fermes et parfumées que mon baiser venait de réveiller et qui me livrait en souriant son corps.

Elle me le livrait ; car ainsi que me l'avait dit mon ami, c'était par vocation qu'elle s'adonnait à la lubricité comme d'autres à la religion. Sa position civile lui permettait de faire

de l'art pour l'art. Elle ne refusait pas les cadeaux que lui va-
laient ses charmes (quelle est la femme qui en refuse ?), mais
elle ne les sollicitait jamais, satisfaite d'employer ses appas et sa
science de l'amour à faire jouir qui lui plaisait et d'en recevoir
la réciprocité, confiante dans la galanterie de l'amant qu'elle
honorait de ses faveurs.

Ce fut à ce délicieux échange de sensations que nous dûmes
de passer ensemble de charmants instants, n'ayant en vue que
les plaisirs de la chair, excitant notre concupiscence par mille
inventions lubriques et la satisfaisant par tous les moyens
imaginables, sans nous astreindre du reste à une fidélité absor-
bante, qui n'était nullement dans notre caractère, et qui nous
eût en outre privés des plaisirs de haut goût que nous réservait
une autre séance dans l'atelier de mon ami.

Après avoir posé dans quelques scènes charmantes de
tribaderie avec une amie de l'artiste, ma compagne voulut elle-
même me photographier en train de baiser la susdite amie ;
ce qui réduisait à néant toute objection quand elle posa à son
tour enfilée par l'artiste et que je fus chargé de mettre au point
sur la glace dépolie le gracieux groupe qu'ils formaient. La tête
sous le voile noir, la main sur la vis de la crémaillère, j'éprouvais une étrange sensation à contempler l'image lubrique dont
tous les détails m'apparaissaient nettement, à voir ce con que
je connaissais si bien et dont je pouvais alors compter les
poils, occupé, comme il l'avait été par moi, par un vit nerveux
marbré de veines bleues...

Mais le récit de cette séance mériterait un volume comme celui qu'on vient de lire. Si les lecteurs y ont pris quelque plaisir, si les lectrices ne craignent pas de voir encore leur pudeur mise à l'épreuve, nous leur réserverons la description de cette lascive séance dont le programme vient de leur être brièvement donné.

Table des matières

www.grandsclassiques.com

ISBN ebook : 9782512008194

ISBN papier : 9782512009399

Dépôt légal : D/2018/12603/111

Couverture : © Hélène Massart

Conception numérique : Primento, le partenaire numérique
des éditeurs